快乐魔法学校

⑦ 时间加速药水

© 2017, Magnard Jeunesse

本书简体中文版专有出版权由Magnard Jeunesse授予电子工业出版社。未经许可，不得以任何方式复制或抄袭本书的任何部分。

版权贸易合同登记号　图字：01-2023-4943

图书在版编目（CIP）数据

时间加速药水 ／（法）埃里克·谢伍罗著；（法）托马斯·巴阿斯绘；张泠译. --北京：电子工业出版社，2024.2
（快乐魔法学校）
ISBN 978-7-121-47223-7

Ⅰ.①时… Ⅱ.①埃… ②托… ③张… Ⅲ.①儿童故事－法国－现代 Ⅳ.①I565.85

中国国家版本馆CIP数据核字（2024）第034281号

责任编辑：朱思霖　文字编辑：耿春波
印　　刷：北京瑞禾彩色印刷有限公司
装　　订：北京瑞禾彩色印刷有限公司
出版发行：电子工业出版社
　　　　　北京市海淀区万寿路173信箱　邮编：100036
开　　本：889×1194　1/32　印张：13.5　字数：181.80千字
版　　次：2024年2月第1版
印　　次：2024年2月第1次印刷
定　　价：138.00元（全9册）

凡所购买电子工业出版社图书有缺损问题，请向购买书店调换。
若书店售缺，请与本社发行部联系，联系及邮购电话：(010) 88254888，88258888。
质量投诉请发邮件至 zlts@phei.com.cn，盗版侵权举报请发邮件至 dbqq@phei.com.cn。
本书咨询联系方式：(010) 88254161 转 1868，gengchb@phei.com.cn。

[法]埃里克·谢伍罗 著　[法]托马斯·巴阿斯 绘　张泠 译

快乐魔法学校

⑦ 时间加速药水

电子工业出版社
Publishing House of Electronics Industry
北京·BEIJING

目录

第一回	时间为什么过得这么慢……	5
第二回	回到过去	13
第三回	掌控时间	21
第四回	时间加速	27
第五回	我丧失了时间观念	31
第六回	时空混乱	35
第七回	找回丢失的时间	41

第 一 回
时间为什么过得这么慢……

"好无聊啊……"

姥姥正在揉面团,她准备给我做我最喜欢吃的巧克力手指饼干。

听到我说无聊,姥姥转过身来:"无聊?你不是在写作业吗?"

"我的作业就是最无聊的东西……"

明天要考变形,但那些咒语我费了九牛二虎之力还是记不住,不是记不全,就是把咒语记串。

"要不,你休息一会儿吧。"姥姥看到我的样子挺心疼,"饼干一会儿就烤好啦。你吃点儿饼干,说不定就能开窍……"

"休息我也不知道能干点儿什么……"

最近一段时间,每个星期三下午我都待在姥姥家。

通常，我可以跟姥姥的两只宠物鳄鱼——巴吉勒和欧帝乐玩。我们最喜欢的游戏是扔木头，我把一截截的木头用力抛远，巴吉勒和欧帝乐就会追过去把木头捡回来。但是今天雨太大了，我们的游戏完全进行不了……

"小宝贝，那你在自己家无聊的时候会玩什么呢？"

"啊……玩电子游戏。"

"你玩电游就不无聊啦？玩电游纯属浪费时间！"

"你肯定这么说，你小的时候都没有电子游戏，你们可不是就得玩别的……"

哎，我突然有了一个想法："姥姥，我可以去阁楼玩儿吗？"

"你不如说是要去探秘！"姥姥眨了眨眼睛，仿佛看透了我的小心思。

确实，我一直都超想去翻翻阁楼那些又老又破的宝箱，说不定我真能翻出一两件宝贝。今天这么个下雨天，难道不是最合适的时机吗？

"你要是能保证最后把东西都收拾好，我就让你去。"姥姥对我提出了条件。

我当然满口答应。

我三步并作两步爬上楼梯，钻进阁楼，兴奋地翻找起来，一时间尘土飞扬，把我自己呛得直咳嗽！

一堆旧衣服，几个破盘子，还有一些乱七八糟的老物件……竟然一个玩具都没有。我只好转向家里的旧相册。刚翻开第一本相册，我就看到一位女士，她骑在魔法扫帚上，满头秀发在风中飘扬，这张照片是报纸头条的配图，头条写着：

《破纪录的女冠军》

我敢打赌这位女士不是别人，一定是年轻时候的姥姥！看她的眼睛和微笑的嘴角，绝对错不了！我拿着相册冲下楼，兴奋地喊道："姥姥！快看我找到什么了！"

看到这张照片，姥姥眼睛一亮。"哈，这倒是让我有了个想法……既然这个下午这么无聊，不如我们找点儿刺激？"姥姥神秘兮兮地说。

我一头雾水，不知道该怎么回答，只能瞪大眼睛看姥姥走到架子边上，一瓶瓶地查看魔法药水。

"啊，找到啦……"

她拔开瓶塞，一边向我们头上洒魔法药水，一边念念有词："时光，时光，流啊流……时针，时针，转啊转，带我回到那久远的时段……"

她给我俩洒的该不会是辣椒粉吧……我正想着，突然发现我身边的墙壁旋转了起来，一阵头晕目眩……清醒过来时，我惊讶地发现，我竟然骑在一把魔法扫帚上，正在风中疾驰！

第二回
回到过去

"抓紧了,摩尔迪古斯!"姥姥对我大声叮嘱道。

姥姥的头发拂过我的脸颊,不是我平时见到的白头发,而是棕红色的漂亮长发……

我拼命地大声问:"姥姥,我们这是在哪儿啊?"

"当然是在报纸上的照片里啊!"姥姥回头对我说,好像我早应该猜到似的。

这下可有趣了,眼前的姥姥完全不是我认识的那个胖胖的老太太,但是她又绝对不是别人,她就是我的姥姥……只是年轻了半个世纪。

"姥姥你是说……"

"对,我们就是小小地穿越了一下,没错!"

五十年啊,这是小小的穿越?

"抓紧,我要变向啦!"

话音未落,扫帚"唰"地一下利落地绕开了一棵大树。

我忍不住惊叫一声,差点儿吐出来。

姥姥却正在兴头上:"哟吼!咱们必须超了她,看……那个人,离得远不远?"

超了她?她是谁??

"你看啊,要不要超?"

我使劲儿向前望去,果然在远远的地平线位置看到了一个小小的身影,应该是另一位骑着扫帚的巫师。

我一下子想起报纸头条的题目,恍然大悟。姥姥正在参加比赛……所以我当然也置身其中!《破纪录的女冠军》,这女冠军,不是别人,就是我的姥姥。而我们正在创造新纪录,真了不起!

我大声说道:"你能慢点儿吗?反正你已经赢了!"

"赢了?还没呢!"姥姥说着伸手指了指前面。

我边在心里暗自祈祷她能抓牢扫帚,边伸长了脖子向前看,对,我们前面确实还有一位竞争者!

"抓紧,我要加速啦!"姥姥又喊了起来。

"啊?什么?你不是已经加过速了吗?还加?"

姥姥按紧扫帚,敏捷地从两棵树中间穿过去。

"抄个近路!"姥姥大喊一声。

我紧咬牙关,已经说不出话了。

绕过最后一个障碍……我们遥遥领先!姥姥刚刚追上最后一个竞争者,一瞬间就把她甩在了身后,还不忘向她挥手致意!

冲线!终点的人群鼓掌欢呼,庆祝我们的胜利。

"怎么样?"姥姥得意地问,"我们那个时代的人,挺会玩的吧,嗯?"

"走,我们回家吧。"姥姥念起了咒语,"时光,时光,流啊流……时针,时针,转啊转,带我回到现在的时段!"

身边的人群开始旋转起来。再次睁开眼,我们已经回到了姥姥的厨房。

姥姥又恢复了满脸皱纹、满头白发的样子,不过这次穿越之旅好像让她年轻了二十岁!

照片能让人穿越?我之前可不知道。这样一来,在姥姥家的周三下午再也不会无聊了!

"我有个想法,要是你这么爱穿越,我有个小礼物要送给你!"

姥姥说着走过去翻客厅柜子的抽屉……

"哪,在这儿!"

她递给我一块怀表,就是老先生们马甲口袋里装着的那种。

"这块怀表是你姥爷的,"姥姥说着,有些恍惚,"我觉得你姥爷肯定会希望把它留给你。来,我拍张照片……"

姥姥拿来相机,我拿着我的礼物,摆了个骄傲的姿势。

然后,姥姥神秘地说:"不过,摩尔迪古斯,你一定要小心点儿!这块表可不一般!"

第三回
掌控时间

第二天上午,我们在操场上课间休息的时候,摩图斯看着我,有些惊讶:"我说,摩尔迪古斯!一会儿就要考变形啦,你一点儿都不紧张吗?"

摩图斯是我最好的朋友,他对我十分了解,所以他很确信那些变形咒语我肯定都不会。

但是今天，我的镇静完全出乎他的意料……

上课铃响起，我假装上厕所，把自己锁在隔间里。我拿出姥姥给我的礼物，掀开盖子，把指针扭了四分之一圈，姥姥说，这是最大极限，千万不能多转。

瞬间，一阵眩晕让我不得不靠在墙上，铃声让我清醒过来。有那么两三秒钟，时间好像被加速了，从窗口望出去，操场上小伙伴们的动作都"快进"起来。然后一切好像恢复了正常。我走出去，加入了大家。

"怎么样？"马克西姆斯问我，"刚刚考得还行吧？"

马克西姆斯是班里最好的学生，是老师的宝贝。他对考试啊、分数啊什么的都特别在意……

"还行吧，"我回答说。

"哦，那就好，"马克西姆斯继续，"今天还有游泳课呢。要是你考试考不好，还得上游泳课，那今天可真够你受的！"

游泳课！我怎么忘得一干二净！每周的游泳课都是我的噩梦。我特别受不了水里氯气的味道。而且，我超级怕水，必须下水的时候，我也总是待在入门组里，唉！

哦,还有,我没带泳裤,我得借一条,呃!除非……

要送我们去游泳馆的校车已经停在了校门口。

快,刻不容缓!

趁着小伙伴们还沉浸在玩耍中，我赶紧掏出怀表。半圈就够了，不能再多。但是……要是我直接把时间调到今天晚上呢？那样我就可以连魔药课和变形课都不用上了哦。

姥姥的话在我耳边响起：穿越是有风险的事情。每次穿越到未来或者过去，都必须精准地再穿越回来才行。

可是，这样来来回回的，又有什么意思呢？算了，不管了，我就要冒险试一试！

于是，我把表针整整转了一圈……

第四回
时间加速

一缕阳光将我唤醒。

我正躺在自己的床上!我抓起闹钟一看:8:32。哦,不!我本来只想穿越到晚上,但是却直接穿越到了第二天早上!上学马上就要迟到了!

我赶紧穿好衣服,急匆匆跑下楼,用最快的速度吃早饭……突然,爸爸出现在厨房门口，满脸憔悴、头发乱蓬蓬。

"我说，摩尔迪古斯，"他抱怨到，"这个点儿你在搞什么？你妈妈和我忙了一周，快累死了，我们可不想一大早就被吵醒！"

"一大早？"这是怎么回事儿？

"可是，爸爸，都快九点了啊！你们不用去上班吗？"

爸爸惊讶地看着我，好像我疯了一样。

"周六上什么班？你怎么了？"

他摇了摇头，转身回去继续补觉。

啊，我明白了。

原来时间被我调快了两天！不是一天！所以星期五就没有了，直接到了星期六！

不过，这也没什么大不了，谁需要过星期五啊，每个星期五都那么漫长，直接过周末，不好吗？

姥姥的话再次在我耳边响起：千万不要丧失理智啊……人一旦丧失了时间观念，就没救了！

但是，我马上又想起这周末我跟小伙伴们约好了一场魔力球比赛，想到这个，我就顾不得担忧，反而变得更坚定。马上就能尽情玩耍啦，绝对不能让时间再回去！

第 五 回
我丧失了时间观念

　　为什么在大家玩得开心的时候时间总是过得那么快？星期六一眨眼就过去了，星期天好像过得更快！想到等着我的是整整一周的学习，我真的特别想直接跳到周末去……

　　一种危险的想法占据了我的内心。既然我能自由选择何时过暑假，那我为什么还要忍受一学期的折磨？

啊，不行，我可不能这么做……我把怀表塞进口袋最里面。

可是，为什么不行……一想到暑假前还有那么多难熬的日子……我果断做了决定！

我把表针哗哗哗地转了好几圈，我周围的一切都加速旋转起来。时光飞逝，我感到从未有过的头晕，然后就失去了意识。

当我清醒过来,我发现自己正躺在床上,是闹钟的声音惊醒了我。我想伸手把闹钟按停……

"哎呀!"

不知道怎么回事,我的手狠狠地撞到了床头柜。我想给自己揉一揉,结果,让我大为惊讶的是:我的手竟然变大了……而且,手背上都是汗毛!我惊恐地掀开被子:我的双脚已经顶到了床尾,我的睡裤变得只到小腿那么短!我环顾四周,地上摆着几个搬家用的纸箱。

我匆匆忙忙地跑到楼下,爸爸妈妈正在吃早饭。

"看看谁来啦！"妈妈喊道，她看上去好像跟姥姥越来越像。

我注意到妈妈的双眼噙满了泪水，她为什么这么激动……

"我的大儿子，马上就要离开家展翅高飞了啊……"爸爸也很激动，他的头发和胡子怎么有些花白了？"今天可是个大日子，你准备好了吗？"

我的头又开始晕了，我倒在了地上。

第六回
时空混乱

再次醒来,我还是在床上,但是,不是我自己的床……这是一张双人床,看看周围的装饰,这里明明是大人的房间。

我正一头雾水,门一下子被推开,两个小孩子跑进来,直接跳上了我的床。

"爸爸，生日快乐！"小男孩大声送上祝福。

"妈妈还在睡觉吗？"小女孩问道。

我身边的被子动了动，里面传出一个声音："小猫咪们，我们太累了，让我们再睡一会儿！"

床头柜上摆着一张全家福：两个孩子开心地笑着站在他们的父母身边。

突然，我在镜框玻璃中看到了自己的样子，竟然跟照片上那个男人一模一样……啊，这不可能！这个胡子拉碴的男人，就是多年后的我吗？啊，那这两个孩子……是我的？镜子旁边放着那块怀表。

快，我得穿越回去！忙乱中，怀表从我手里滑落到地上，我弯腰去捡……啊，完了！表盘碎了，表针也调不动！一切已经无法挽回，时光还在飞逝……

下一秒我还是穿着睡衣，胡子拉碴，坐在早餐桌前。

一个跟刚才那个小男孩长得很像的年轻人走进了厨房。我听到自己的声音:"我的大儿子,马上就要离开家展翅高飞了啊……今天可是个大日子啊!你准备好了吗?"

是我说了这些话吗?我简直不敢相信自己的耳朵!

那这个年轻人，难道是我的儿子？而且已经长大成人啦？？完了，时间彻底失控，这下我再也没法让它停止了！

第 七 回
找回丢失的时间

不能坐以待毙！我必须得想办法补救，不然，再醒来我就得变成老头啦！

但我的头又开始晕，我努力不让自己失去意识。我太害怕我宝贵的生命就这样像流沙一样从指间滑落……

我最先想到的是去找姥姥：可能她会有办法终止这件糟糕的事情？

我努力地拨她的脑电波电话，但是一直拨不通。我集中意念定位姥姥家。结果，天哪！姥姥家的小沼泽现在竟然是一个大园子，园子里许多小孩子跑来跑去逗鳄鱼。姥姥家的门口挂着一个牌子，牌子上写着"鳄鱼乐园"。姥姥的家变成了游乐场！

姥姥不见了……

怎么办？

鳄鱼乐园

我自己的家，我长大的地方，离得也不远。又一个主意涌上心头。

我飞奔起来，累得气喘吁吁。可是突然又一阵头晕，我不得不靠在一根柱子上。

绝对不能睡。我感到自己的身体开始发麻，就像每次要穿越到未来的时候感觉到的那样。

我咬着牙，坚持上路，还有几条街就到我的家了。

一进家门，爸爸妈妈就坐在客厅里。爸爸在沙发上打着盹儿，一本《巫术月刊》摊在他的大肚子上。正在看书的妈妈抬起头看到了我。

"呀，摩尔迪古斯，"妈妈很开心，"看到你我真高兴！你来得正好，我们正要喝茶！你最近怎么样？孩子们怎么样？"

我情不自禁地回答道："他们都挺好的，谢谢妈妈。他们给你们问好。"

然后我直奔主题："我能看看我小时候的照片吗？"

"是要回顾一下童年时光吗？好呀，你知道照片放在哪儿……"

我跑上楼开始翻各种各样的相册……一张一张的照片看过去，记录的都是我成长的珍贵瞬间，只有我自己错过了：生日、圣诞节、野餐、游园会……直到我翻到这张：我举着怀表，在姥姥家的厨房里，摆出了一个骄傲的姿势……

我暗自祈祷身上的魔法药水还有效，我努力回想着姥姥的咒语，慢慢念出："时光，时光，流啊流……时针，时针，转啊转，带我回到那久远的时段……"

时间开始向过去飞速流转起来，我身边的一切都在旋转，我再一次失去了意识。

就像什么都没有发生过一样，我回到了姥姥的厨房。

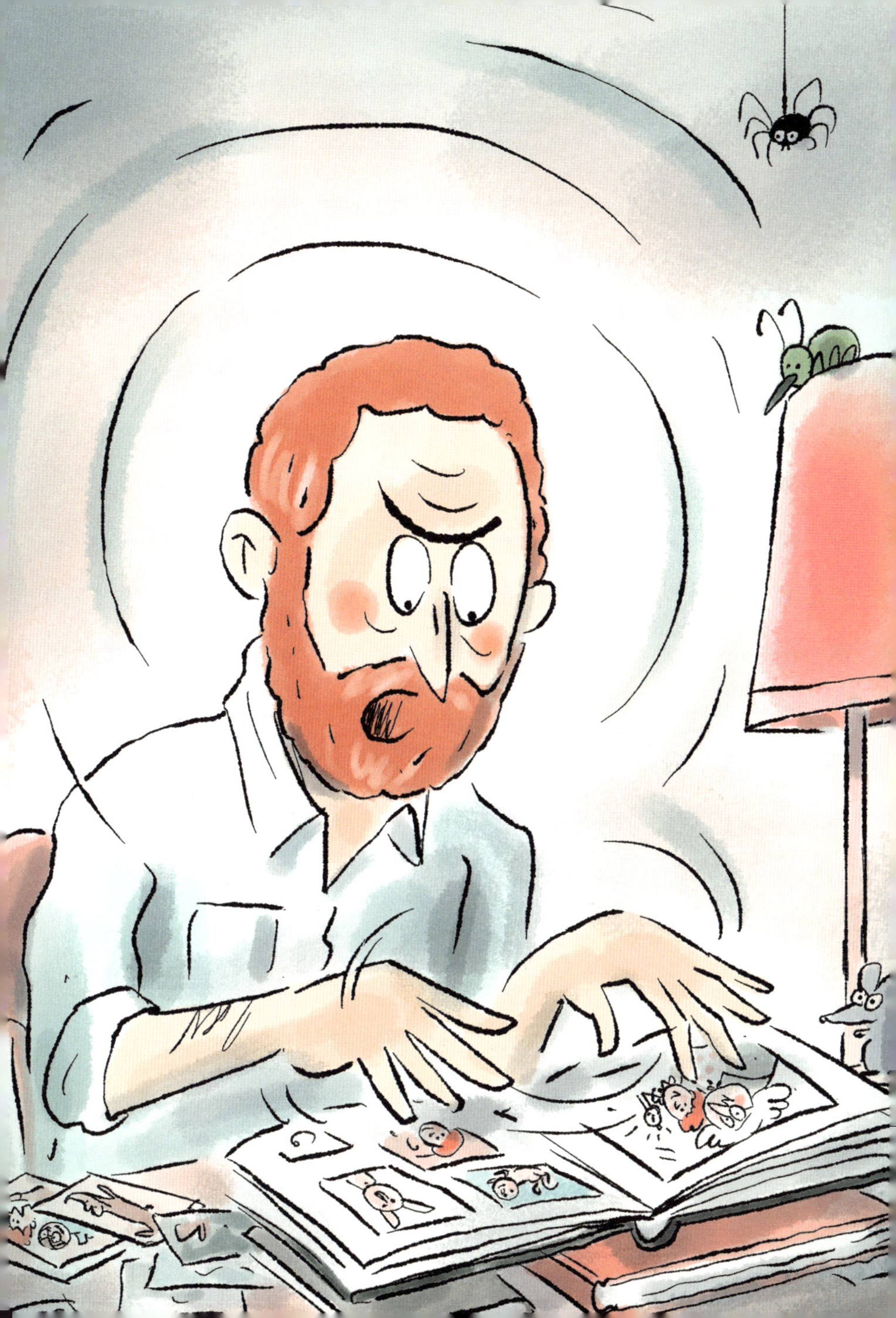

姥姥正在叮嘱我："我可告诉你啊，摩尔迪古斯！这块表可不一般！"

不用姥姥警告，我完全知道时空穿越到底有多么危险！

"哦，姥姥，你不用担心，我一点儿也不想快点儿长大。我要好好珍惜每一天！"